SV

Band 70 der Bibliothek Suhrkamp

Giuseppe Ungaretti

Gedichte

Italienisch und deutsch

Übertragung und Nachwort

von Ingeborg Bachmann

Suhrkamp Verlag

Erste Auflage 1961

Druck: Nomos Verlagsgesellschaft, Baden-Baden
Printed in Germany
10 11 12 13 14 15 – 04 03 02 01 00 99

Ungaretti · Gedichte

Mattina

M'illumino
d'immenso

Santa Maria La Longa
il 26 gennaio 1917

Morgen

Ich erleuchte mich
durch Unermeßliches

Eterno

Tra un fiore colto e l'altro donato
l'inesprimibile nulla

Ewig

Zwischen einer gepflückten Blume und der
geschenkten
das unausdrückbare Nichts

Tappeto

Ogni colore si espande e si adagia
negli altri colori

Per essere piú solo se lo guardi

Teppich

Jede Farbe breitet sich aus und gibt sich auf
in den anderen Farben

Um einsamer zu sein wenn du hinsiehst

Agonia

Morire come le allodole assetate
sul miraggio

O come la quaglia
passato il mare
nei primi cespugli
perché di volare
non ha piú voglia

Ma non vivere di lamento
come un cardellino accecato

Todeskampf

Sterben wie die durstigen Lerchen
an der Luftspiegelung

Oder wie die Wachtel
nach dem Flug übers Meer
im ersten Gesträuch
weil sie zu fliegen
keine Lust mehr hat

Aber nicht vom Gezeter leben
wie ein geblendeter Stieglitz

Ricordo d'Africa

Il sole rapisce la città

Non si vede piú

Neanche le tombe resistono molto

Erinnerung an Afrika

Die Sonne überwältigt die Stadt

Man sieht nicht mehr

Nicht einmal die Gräber wehren sich lang

Notte di maggio

Il cielo pone in capo
ai minareti
ghirlande di lumini

Mainacht

Der Himmel legt den Minaretten
Lichtgirlanden
ums Haupt

Chiaroscuro

Anche le tombe sono scomparse

Spazio nero infinito calato
da questo balcone
al cimitero

Mi è venuto a ritrovare
il mio compagno arabo
che s'è ucciso l'altra sera

Rifà giorno

Tornano le tombe
appiattate nel verde tetro
delle ultime oscurità
nel verde torbido
del primo chiaro

Helldunkel

Auch die Gräber sind verschwunden

Schwarzer unendlicher Raum herabgesunken
von diesem Balkon
auf den Friedhof

Da kommt es mir
daß ich meinen arabischen Freund
der sich gestern abend getötet hat
wiedertreffe

Wieder wird Tag

Es kehren die Gräber zurück
platt im düsteren Grün
der letzten Dunkelheiten
im trüben Grün
der ersten Helle

In memoria

Si chiamava
Moammed Sceab

Discendente
di emiri di nomadi
suicida
perché non aveva piú
Patria

Amò la Francia
e mutò nome

Fu Marcel
ma non era Francese
e non sapeva piú
vivere
nella tenda dei suoi
dove si ascolta la cantilena
del Corano
gustando un caffè

E non sapeva
sciogliere
il canto
del suo abbandono

In Memoriam

Er hieß
Mohammed Sheab

Abkömmling
von Emiren von Nomaden
Er beging Selbstmord
weil er kein Land
mehr hatte

Er liebte Frankreich
und änderte seinen Namen

Wurde Marcel
war aber nicht Franzose
und konnte nicht mehr
leben
im Zelt der Seinen
wo man dem Singsang
des Korans lauscht
einen Kaffee nippend

Und wußte nicht
anzustimmen
den Gesang
seiner Verlassenheit

L'ho accompagnato
insieme alla padrona dell'albergo
dove abitavamo
a Parigi
dal numero 5 della rue des Carmes
appassito vicolo in discesa

Riposa
nel camposanto d'Ivry
sobborgo che pare
sempre
in una giornata
di una
decomposta fiera

E forse io solo
so ancora
che visse

Locvizza il 30 settembre 1916

Ich habe ihm das Geleit gegeben
zusammen mit der Besitzerin des Hotels
in dem wir wohnten
in Paris
Nummer 5 rue des Carmes
schäbiges steiles Gäßchen

Er ruht
auf dem Friedhof von Ivry
Vorstadt die immer
erscheint wie am Tag
eines aufgelösten Jahrmarkts

Und ich allein
weiß vielleicht noch
daß er lebte

Il porto sepolto

Vi arriva il poeta
e poi torna alla luce con i suoi canti
e li disperde

Di questa poesia
mi resta
quel nulla
d'inesauribile segreto

Mariano il 29 giugno 1916

Der begrabene Hafen

Dort kommt der Dichter an
und wendet sich dann zum Licht mit seinen Gesängen
und er verstreut sie

Von diesem Gedicht
bleibt mir
jenes Nichts
von unerschöpflichem Geheimnis

Veglia

Un'intera nottata
buttato vicino
a un compagno
massacrato
con la sua bocca
digrignata
volta al plenilunio
con la congestione
delle sue mani
penetrata
nel mio silenzio
ho scritto
lettere piene d'amore

Non sono mai stato
tanto
attaccato alla vita

Cima Quattro
il 23 dicembre 1915

Wache

Eine ganze Nacht lang
hingeworfen
neben einen hingemetzelten
Kameraden
mit seinem gefletschten
Mund
dem Vollmond zugewandt
mit dem Blutandrang
seiner Hände
der in mein Schweigen
einbrach
habe ich Briefe geschrieben
voll von Liebe

Nie bin ich so sehr
am Leben
gehangen

Fase d'oriente

Nel molle giro di un sorriso
ci sentiamo legare da un turbine
di germogli di desiderio

Ci vendemmia il sole

Chiudiamo gli occhi
per vedere nuotare in un lago
infinite promesse

Ci rinveniamo a marcare la terra
con questo corpo
che ora troppo ci pesa

Versa il 27 aprile 1916

Orientalische Phase

Im weichen Verlauf eines Lächelns
fühlen wir uns gepackt vom Wirbelwind
aus Sprößlingen des Verlangens

Die Sonne erntet uns

Wir schließen die Augen
um unendliche Versprechen in einem See
schwimmen zu sehn

Wir fassen uns wieder und stempeln die Erde
mit diesem Körper
der jetzt viel zu schwer für uns ist

Tramonto

Il carnato del cielo
sveglia oasi
al nomade d'amore

Versa il 20 maggio 1916

Sonnenuntergang

Die Rötung des Himmels
weckt Oasen
für den Nomaden der Liebe

Stasera

Balaustrata di brezza
per appoggiare stasera
la mia malinconia

Versa il 22 maggio 1916

Heut abend

Balustrade aus Wind
um heut abend
meine Traurigkeit
aufzustützen

Fase

Cammina cammina
ho ritrovato
il pozzo d'amore

Nell'occhio
di mill'una notte
ho riposato

Agli abbandonati giardini
ella approdava
come una colomba

Fra l'aria
del meriggio
ch'era uno svenimento
le ho colto
arance e gelsomini

Mariano il 25 giugno 1916

Phase

Geh geh
wiedergefunden hab ich
den Brunnen der Liebe

Im Aug
von tausend'einer Nacht
hab ich geruht

An den verlassenen Gärten
landete diese Nacht
wie eine Taube

In der Luft
des ohnmächtigen Mittags
pflückte ich ihr
Orangen Jasmine

Peso

Quel contadino
si affida alla medaglia
di Sant'Antonio
e va leggero

Ma ben sola e ben nuda
senza miraggio
porto la mia anima

Mariano il 29 giugno 1916

Gewicht

Dieser Bauer
vertraut sich der Medaille
des heiligen Antonius an
und geht leicht einher

Aber recht allein und recht nackt
ohne Blendung
trage ich meine Seele einher

Dannazione

Chiuso fra cose mortali

(Anche il cielo stellato finirà)

Perché bramo Dio?

Mariano il 29 giugno 1916

Verdammnis

Eingeschlossen zwischen sterbliche Dinge

(Auch der gestirnte Himmel wird enden)

Warum giere ich nach Gott?

Fratelli

Di che reggimento siete,
fratelli?

Parola tremante
nella notte

Foglia appena nata

Nell'aria spasimante
involontaria rivolta
dell'uomo presente alla sua
fragilità

Fratelli

Mariano il 15 luglio 1916

Brüder

Von welchem Regiment seid ihr,
Brüder?

Zitternd das Wort
in der Nacht

Das kaum geborene Blatt

In der erregenden Luft
das ungewollte Aufbegehren
des Mannes
der seine Schwäche
weiß

Brüder

Sono una creatura

Come questa pietra
del S. Michele
cosí fredda
cosí dura
cosí prosciugata
cosí refrattaria
cosí totalmente
disanimata

Come questa pietra
è il mio pianto
che non si vede

La morte
si sconta
vivendo

Valloncello di Cima Quattro
il 5 agosto 1916

Ich bin eine Kreatur

Wie dieser Stein
des Hl. Michael
so kalt
so hart
so ausgetrocknet
so widerständig
unbeseelt
so ganz und gar

Wie dieser Stein
ist mein Weinen
man sieht es nicht

Den Tod
büßt man
lebend ab

I fiumi

Mi tengo a quest'albero mutilato
abbandonato in questa dolina
che ha il languore
di un circo
prima o dopo lo spettacolo
e guardo
il passaggio quieto
delle nuvole sulla luna

Stamani mi sono disteso
in un'urna d'acqua
e come una reliquia
ho riposato

L'Isonzo scorrendo
mi levigava
come un suo sasso

Ho tirato su
le mie quattr'ossa
e me ne sono andato
come un acrobata
sull'acqua

Die Flüsse

Ich halte mich an diesem verkrüppelten Baum
verlassen in diesem Trichter
der die Öde
eines Zirkus'
vor oder nach der Schaustellung hat
und ich betrachte
das ruhige Vorüberziehen
der Wolken über dem Mond

Heut morgen habe ich mich ausgestreckt
in einer Wasserurne
und wie eine Reliquie
habe ich geruht

Der strömende Isonzo
glättete mich
wie einen seiner Steine

Ich habe meine Gebeine
aufgehoben
und bin fortgegangen
wie ein Akrobat
auf dem Wasser

Mi sono accoccolato
vicino ai miei panni
sudici di guerra
e come un beduino
mi sono chinato a ricevere
il sole

Questo è l'Isonzo
e qui meglio
mi sono riconosciuto
una docile fibra
dell'universo

Il mio supplizio
è quando
non mi credo
in armonia

Ma quelle occulte
mani
che m'intridono
mi regalano
la rara
felicità

Ho ripassato
le epoche
della mia vita

Neben meine Kleider
die schmutzig vom Krieg sind
habe ich mich gekauert
und wie ein Beduine
krümmte ich mich und empfing
die Sonne

Dies ist der Isonzo
und hier habe ich mich
so recht erkannt
eine willfährige Faser
des Alls

Eine Qual
ist es mir
wenn ich mich nicht
im Einklang weiß

Aber diese heimlichen
Hände
die mich kneten
schenken mir
die seltene
Glückseligkeit

Wieder bin ich durch die Zeiten
meines Lebens
gegangen

Questi sono
i miei fiumi

Questo è il Serchio
al quale hanno attinto
duemil'anni forse
di gente mia campagnola
e mio padre e mia madre

Questo è il Nilo
che ha visto
nascere e crescere
e ardere d'inconsapevolezza
nelle estese pianure

Questa è la Senna
e in quel suo torbido
mi sono rimescolato
e mi sono conosciuto

Questi sono i miei fiumi
contati nell'Isonzo

Questa è la mia nostalgia
che in ognuno
mi traspare
ora ch'è notte
che la mia vita mi pare
una corolla
di tenebre

Cotici il 16 agosto 1916

Dies sind
meine Flüsse

Dies ist der Serchio
und aus ihm schöpften
zweitausendjahrlang vielleicht
meine Leute vom Land
und Vater und Mutter

Dies ist der Nil
der sah
wie ich geboren wurde heranwuchs
und brannte von Unbewußtem
auf weiten Ebenen

Dies ist die Seine
und in ihre Wirbel
hab ich mich wieder gemischt
und hab mich erkannt

Dies sind meine Flüsse
gezählt im Isonzo

Dies ist meine Sehnsucht
die in jedem Fluß
mir durchscheint
nun da es Nacht ist
da mir mein Leben erscheint
wie eine Blütenkrone
von Finsternissen

Pellegrinaggio

In agguato
in queste budella
di macerie
ore e ore
ho strascicato
la mia carcassa
usata dal fango
come una suola
o come un seme
di spinalba

Ungaretti
uomo di pena
ti basta un'illusione
per farti coraggio

Un riflettore
di là
mette un mare
nella nebbia

Valloncello dell'Albero Isolato
il 16 agosto 1916

Wallfahrt

Im Hinterhalt
in diesen Eingeweiden
von Trümmern
habe ich Stunden
um Stunden
mein Wrack
dahingeschleppt
dem Schlamm ausgesetzt
wie eine Schuhsohle
oder wie ein Weißdornsame

Ungaretti
Dulder
dir genügt eine Illusion
um dir Mut zu machen

Ein Scheinwerfer
legt von drüben
ein Meer
in den Nebel

Universo

Col mare
mi sono fatto
una bara
di freschezza

Devetachi il 24 agosto 1916

Universum

Mit dem Meer
habe ich mir
eine Bahre aus Frische
gemacht

San Martino del Carso

Di queste case
non è rimasto
che qualche
brandello di muro

Di tanti
che mi corrispondevano
non è rimasto
neppure tanto

Ma nel cuore
nessuna croce manca

È il mio cuore
il paese piú straziato

Valloncello dell'Albero Isolato
il 27 agosto 1916

St. Martin vom Karst

Von diesen Häusern
ist nichts geblieben
als ein paar
Fetzen Mauer

Von so vielen
die mit mir waren
ist nicht einmal
soviel geblieben

Aber im Herzen
fehlt kein Kreuz

Es ist mein Herz
das zerstörteste Land

Attrito

Con la mia fame di lupo
ammaino
il mio corpo di pecorella

Sono come
la misera barca
e come l'oceano libidinoso

Locvizza il 28 settembre 1916

Zerknirscht

Mit dem Hunger des Wolfs
umstreiche ich
meinen Schafskörper

Ich bin
wie die elendige Barke
und der wollüstige Ozean

Distacco

Eccovi un uomo
uniforme

Eccovi un'anima
deserta
uno specchio impassibile

M'avviene di svegliarmi
e di congiungermi
e di possedere

Il raro bene che mi nasce
cosí piano mi nasce

E quando ha durato
cosí insensibilmente s'è spento

Locvizza il 24 settembre 1916

Riß

Hier habt ihr einen Mann
wie jeden

Hier habt ihr eine Seele
die verödet ist
einen gleichgültigen Spiegel

Es geschieht mir daß ich erwache
mich vereinige
und besitze

Das wenige Gute das mir wird
wird mir so langsam

Und wenn es gedauert hat
so unmerkbar ist es erloschen

Perché?

Ha bisogno di qualche ristoro
il mio buio cuore disperso

Negli incastri fangosi dei sassi
come un'erba di questa contrada
vuole tremare piano alla luce

Ma io non sono
nella fionda del tempo
che la scaglia dei sassi tarlati
dell'improvvista strada
di guerra

Da quando
ha guardato nel viso
immortale del mondo
questo pazzo ha voluto sapere
cadendo nel labirinto
del suo cuore crucciato

Si è appiattito
come una rotaia
il mio cuore in ascoltazione

Warum?

Es hat irgendeine Tröstung nötig
mein dunkles zerfallenes Herz

In den schlammigen Kerben der Steine
möchte es leis dem Licht zu zittern
wie ein Halm dieser Gegend

Aber ich bin
in der Schleuder der Zeit
nichts als ein Splitter zerfressener Steine
der unvorhergesehenen Straße
des Kriegs

Seit er
ins unsterbliche Antlitz
der Welt geblickt hat
hat dieser Narr wissen wollen
und geriet doch ins Labyrinth
seines verquälten Herzens

Platt gemacht
wie eine Radspur
hat sich mein Herz zur Behorchung

ma si scopriva a seguire
come una scia
una scomparsa navigazione

Guardo l'orizzonte
che vaiola di crateri

Il mio cuore vuole illuminarsi
come questa notte
almeno di zampilli di razzi

Reggo il mio cuore
che s'incaverna
e schianta e rintrona
come un proiettile
nella pianura
ma non mi lascia
neanche un segno di volo

Il mio povero cuore
sbigottito
di non sapere

Carsia Giulia 1916

doch es endeckte
daß es wie ein Kielwasser
einer verschwundenen Schiffahrt folgt

Ich betrachte den Horizont
der sich mit Kratern impft

Erleuchten möchte mein Herz sich
wie diese Nacht
wenigstens mit Raketen

Ich zwinge mein Herz
das sich in die Erde wühlt
platzt und erdröhnt
wie ein Projektil
in der Ebene
aber es gönnt mir
auch nicht den leisesten Anflug des Fliegens

Mein armes Herz
bestürzt
von Nichtwissen

Commiato

Gentile
Ettore Serra
poesia
è il mondo l'umanità
la propria vita
fioriti dalla parola
la limpida meraviglia
di un delirante fermento

Quando trovo
in questo mio silenzio
una parola
scavata è nella mia vita
come un abisso

Locvizza il 2 ottobre 1916

Abschied

Verehrter
Ettore Serra
Poesie
ist die Welt die Menschheit
das eigene Leben
blühen gemacht vom Wort
das klare Wunder
eines fiebernden Ferments

Wenn ich in diesem
meinem Schweigen
ein Wort finde
ist es in mein Leben gegraben
wie ein Abgrund

Allegria di naufragi

E subito riprende
il viaggio
come
dopo il naufragio
un superstite
lupo di mare

Versa il 14 febbraio 1917

Freude der Schiffbrüche

Und plötzlich nimmst du
die Fahrt wieder auf
wie
nach dem Schiffbruch
ein überlebender
Seebär

Natale

Non ho voglia
di tuffarmi
in un gomitolo
di strade

Ho tanta
stanchezza
sulle spalle

Lasciatemi cosí
come una
cosa
posata
in un
angolo
e dimenticata

Qui
non si sente
altro
che il caldo buono

Weihnachten

Ich habe keine Lust
mich in ein Knäuel
von Straßen
zu stürzen

Soviel Müdigkeit
ist
auf meinen Schultern

Laßt mich
so
wie einen
in die Ecke
gestellten
und vergessenen
Gegenstand

Hier
fühlt man nichts anderes
als
die gute Wärme

Sto
con le quattro
capriole
di fumo
del focolare

Napoli
il 26 dicembre 1916

Ich halte es
mit den paar
Bocksprüngen
des Rauches
vom Herd

Solitudine

Ma le mie urla
feriscono
come fulmini
la campana fioca
del cielo

Sprofondano
impaurite

Santa Maria La Longa
il 26 gennaio 1917

Einsamkeit

Aber meine Schreie
fahren
wie Blitze
in die schwache Glocke
des Himmels

Und verlieren sich
furchtsam

Dormire

Vorrei imitare
questo paese
adagiato
nel suo camice
di neve

Santa Maria La Longa
il 26 gennaio 1917

Schlafen

Diesem sanft
hinliegenden Land
möchte ich es
gleichtun
in seinem
Schneehemd

Godimento

Mi sento la febbre
di questa
piena di luce

Accolgo questa
giornata
il frutto che si addolcisce

Avrò
stanotte
un rimorso come un
latrato
perso nel deserto

Versa il 18 febbraio 1917

Genuß

Fieber habe ich
von dieser
Überfülle des Lichts

Ich pflücke
diesen Tag wie die Frucht
die süß und süßer wird

Ich werde
heut nacht
einen Gewissensbiß haben
wie ein Gebell
verloren
in der Wüste

Un'altra notte

In quest'oscuro
colle mani
gelate
distinguo
il mio viso

Mi vedo
abbandonato nell'infinito

Vallone il 20 aprile 1917

Eine andere Nacht

In diesem Dunkel
mit den eiskalten
Händen
erkenne ich
mein Gesicht

Ich sehe mich
verloren im Unendlichen

Giugno

Quando
mi morirà
questa notte
e come un altro
potrò guardarla
e mi addormenterò
al fruscio
delle onde
che finiscono
di avvoltolarsi
alla cinta di gaggie
della mia casa

Quando mi risveglierò
nel tuo corpo
che si modula
come la voce dell'usignolo

Si estenua
come il colore
rilucente
del grano maturo

Juni

Wenn
diese Nacht
mir sterben wird
und ich sie wie ein anderer
werde betrachten können
und einschlafe
beim Rauschen
der Wellen
die dann aufhören
sich um den Gürtel
der Akazien meines Hauses
zu wälzen

Wenn ich wiedererwachen werde
in deinem Körper
der sich wandelt
wie die Stimme der Nachtigall

Sich entkräftet
wie die schimmernde Farbe
des reifen Korns

Nella trasparenza
dell'acqua
l'oro velino
della tua pelle
si brinerà di moro

Librata
dalle lastre
squillanti
dell'aria sarai
come una
pantera

Ai tagli
mobili
dell'ombra
ti sfoglierai

Ruggendo
muta in
quella polvere
mi soffocherai

Poi
socchiuderai le palpebre

Vedremo il nostro amore reclinarsi
come sera

In der Durchsichtigkeit
des Wassers
betaut sich das seidige Gold
deiner Haut
mohrenfarben

Schweben gemacht
von den schallenden
Pflastern der Luft
wirst du sein
wie ein Panther

Entblättern wirst du dich
an der beweglichen
Schneide
des Schattens

Stumm
brüllend
in diesem Staub
wirst du mich ersticken

Dann
die Lider fast schließen

Wir werden unsre Liebe sich neigen sehen
wie Abend

Poi vedrò
rasserenato
nell'orizzonte di bitume
delle tue iridi morirmi
le pupille

Ora
il sereno è chiuso
come
a quest'ora
nel mio paese d'Africa
i gelsomini

Ho perso il sonno

Oscillo
al canto d'una strada
come una lucciola

Mi morirà
questa notte?

Campolongo il 5 luglio 1917

Dann werde ich
endlich zufrieden
am asphaltenen Horizont
deiner Iris meine Pupille
sterben sehen

Jetzt
schließt sich die Helle
wie zu dieser Stunde
in meinem afrikanischen Land
die Jasmine

Ich habe den Schlaf verloren

Ich flackre
an einem Straßensaum
wie ein Glühwurm

Wird diese Nacht
mir sterben?

Girovago

In nessuna
parte
di terra
mi posso
accasare

A ogni
nuovo
clima
che incontro
mi trovo
languente
che
una volta
già gli ero stato
assuefatto

E me ne stacco sempre
straniero

Nascendo
tornato da epoche troppo
vissute

Landstreicher

In keiner
Gegend
der Erde
kann ich
hausen

In jedem
neuen
Klima
das ich verspüre
schmachte ich
da ich schon einmal
daran
gewöhnt war

Und ich trenne mich immer
fremd

Bin geboren
nur wiedergekehrt
aus abgelebten
Zeiten

Godere un solo
minuto di vita
iniziale

Cerco un paese
innocente

Campo di Mailly
maggio 1918

Einen einzigen Augenblick
anfängliches Leben
genießen

Ich suche
ein unschuldiges
Land

Sereno

Dopo tanta
nebbia
a una
a una
si svelano
le stelle

Respiro
il fresco
che mi lascia
il colore
del cielo

Mi riconosco
immagine
passeggera

Presa in un giro
immortale

Basco di Courton luglio 1918

Heiter

Nach soviel
Nebel
enthüllen sich
einer
um den andern
die Sterne

Ich atme
die Frische
aus der Farbe
des Himmels

Ich begreife mich
ein flüchtiges Bild

Hinter ein unsterbliches
Licht geführt

Soldati

Si sta come
d'autunno
sugli alberi
le foglie

Bosco di Courton luglio 1918

Soldaten

So
wie im Herbst
am Baum
Blatt und Blatt

Lucca

A casa mia, in Egitto, dopo cena, recitato il rosario,
mia madre ci parlava di questi posti.
La mia infanzia ne fu tutta meravigliata.
La città ha un traffico timorato e fanatico.
In queste mura non ci si sta che di passaggio.
Qui la meta è partire.
Mi sono seduto al fresco sulla porta dell'osteria con
della gente che mi parla di California come d'un
suo podere.
Mi scopro con terrore nei connotati di queste
persone.
Ora lo sento scorrere caldo nelle mie vene, il sangue
dei miei morti.
Ho preso anch'io una zappa.
Nelle cosce fumanti della terra mi scopro a ridere.
Addio desideri, nostalgie.
So di passato e d'avvenire quanto un uomo può
saperne.
Conosco ormai il mio destino, e la mia origine.

Lucca

Bei uns zuhaus, in Ägypten, nach dem Nachtmahl,
nachdem der Rosenkranz gebetet war, sprach
uns meine Mutter von diesen Orten.
Meine Kindheit war davon ganz verzaubert.
Die Stadt hat einen gottesfürchtigen und fanatischen
Verkehr.
In diesen Mauern hält man sich nur vorübergehend auf.
Hier ist das Ziel: abreisen.
Ich habe mich in den Schatten an den Eingang des
Wirtshauses gesetzt mit Leuten, die mir von
Kalifornien erzählten wie von ihrem Besitz.
Ich entdecke mich mit Entsetzen in den
Gesichtszügen dieser Leute.
Jetzt fühl ich es heiß durch meine Adern rinnen, das
Blut meiner Toten.
Auch ich habe eine Hacke genommen.
In den rauchenden Schenkeln der Erde ist mir zum
Lachen.
Lebt wohl, Wünsche, Sehnsüchte.
Ich weiß vom Vergangnen und von der Zukunft,
was ein Mann drüber wissen kann.
Ich kenne allerdings mein Schicksal und meine Herkunft.

Non mi rimane piú nulla da profanare, nulla da sognare.
Ho goduto di tutto, e sofferto.
Non mi rimane che rassegnarmi a morire.
Alleverò dunque tranquillamente una prole.
Quando un appetito maligno mi spingeva negli amori mortali, lodavo la vita.
Ora che considero, *anch'io*, l'amore come una garanzia della specie, ho in vista la morte.

Nichts mehr bleibt mir zu schänden, nichts mehr zu träumen.
Ich habe von allem gehabt – und gelitten.
Ich werde also ruhig eine Nachkommenschaft aufziehen.
Wenn ein boshafter Appetit mich in die sterblichen Lieben trieb, lobte ich das Leben.
Jetzt, da ich, *auch ich*, die Liebe zur Erhaltung der Art gut weiß, hab ich den Tod vor Augen.

Preghiera

Quando mi desterò
dal barbaglio della promiscuità
in una limpida e attonita sfera

Quando il mio peso mi sarà leggero

Il naufragio concedimi Signore
di quel giovane giorno al primo grido

Bitte

Wenn ich erlöst sein werde
von der Blendung des Tausenderlei
in einer klaren und stärkenden Luft

Wenn mein Gewicht mir leicht sein wird

Laß mich den Schiffbruch erleiden Herr
dieses jungen Tages beim ersten Schrei

Pari a sé

Va la nave, sola
Nella quiete della sera.

Qualche luce appare
Di lontano, dalle case.

Nell'estrema notte
Va in fumo a fondo il mare.

Resta solo, pari a sé,
Uno scroscio che si perde . . .

Si rinnova . . .

1925

Sich gleich

Fährt, fährt das Schiff allein
in der Ruhe des Abends.

Manch ein Licht erscheint
von fern, von den Häusern.

In der äußersten Nacht
geht in Rauch auf von Grund auf das Meer.

Bleibt allein, sich gleich,
ein Geroll, das sich verliert ...

Sich erneuert ...

Rosso e azzurro

Ho atteso che vi alzaste,
Colori dell'amore,
E ora svelate un'infanzia di cielo.

Porge la rosa piú bella sognata.

1928

Rot und Himmelblau

Ich habe gewartet, daß ihr euch erhebt,
Farben der Liebe,
Und jetzt entbergt ihr eine Himmelskindheit.

Sie reicht die schönste geträumte Rose.

Quiete

L'uva è matura, il campo arato,

Si stacca il monte dalle nuvole.

Sui polverosi specchi dell'estate
Caduta è l'ombra,

Tra le dita incerte
Il loro lume è chiaro,
E lontano.

Colle rondini fugge
L'ultimo strazio.

1929

Ruhe

Die Traube ist reif, das Feld gepflügt.

Von den Wolken löst sich der Berg.

Auf die staubigen Sommerspiegel
ist der Schatten gefallen,

Zwischen den unsicheren Fingern
ist ihr Licht klar
und fern.

Mit den Schwalben zieht
die letzte Mühe.

La pietà

I

Sono un uomo ferito.

E me ne vorrei andare
E finalmente giungere,
Pietà, dove si ascolta
L'uomo che è solo con sé.

Non ho che superbia e bontà.

E mi sento esiliato in mezzo agli uomini.

Ma per essi sto in pena.

Non sarei degno di tornare in me?

Ho popolato di nomi il silenzio.

Ho fatto a pezzi cuore e mente
Per cadere in servitù di parole?

Regno sopra fantasmi.

O foglie secche,
Anima portata qua e là . . .

Barmherzigkeit

I

Ein verwundeter Mensch bin ich.

Und ich möchte fortgehen
Und endlich Barmherzigkeit erlangen
Wo man den Menschen erhört
Der allein ist mit sich.

Ich habe nichts als Hochmut und Güte.

Und ich fühle mich ausgestoßen inmitten der Menschen.

Aber um sie sorge ich mich.

Wär ich nicht würdig, mich in mich zurückzuziehen?

Bevölkert mit Namen hab ich die Stille.

Hab ich Herz und Geist zerstückt,
Um in die Knechtschaft der Worte zu kommen?

Ich regiere über Gespenster.

O dürre Blätter,
Seele da und dorthin getragen ...

No, odio il vento e la sua voce
Di bestia immemorabile.

Dio, coloro che t'implorano
Non ti conoscono piú che di nome?

M'hai discacciato dalla vita.

Mi discaccerai dalla morte?

Forse l'uomo è anche indegno di sperare.

Anche la fonte del rimorso è secca?

Il peccato che importa,
Se alla purezza non conduce piú.

La carne si ricorda appena
Che una volta fu forte.

È folle e usata, l'anima.

Dio, guarda la nostra debolezza.

Vorremmo una certezza.

Di noi nemmeno piú ridi?

E compiangici dunque, crudeltà.

Nein, ich hasse den Wind und seine Stimme
Stimme der erinnerungslosen Bestie.

Gott, jene, die dich anflehen,
Kennen sie dich nur dem Namen nach?

Du hast mich verjagt vom Leben.

Wirst du mich vom Tod verjagen?

Der Mensch ist vielleicht auch des Hoffens unwürdig.

Ist auch der Quell des Gewissens trocken?

Was ist Sündigen wert,
Wenn es nicht mehr zur Reinheit führt.

Das Fleisch erinnert sich kaum,
Daß es einmal stark war.

Verrückt und verbraucht ist die Seele.

Gott, sieh unsere Schwachheit.

Wir möchten Gewißheit.

Lachst du nicht einmal mehr über uns?

So bemitleide uns doch, Grausamkeit.

Non ne posso piú di stare murato
Nel desiderio senza amore.

Una traccia mostraci di giustizia.

La tua legge qual è?

Fulmina le mie povere emozioni,
Liberami dall'inquietudine.

Sono stanco di urlare senza voce.

2

Malinconiosa carne
Dove una volta pullulò la gioia,
Occhi socchiusi del risveglio stanco,
Tu vedi, anima troppo matura,
Quel che sarò, caduto nella terra?

È nei vivi la strada dei defunti,

Siamo noi la fiumana d'ombre,

Sono esse il grano che ci scoppia in sogno,

Loro è la lontananza che ci resta,

E loro è l'ombra che dà peso ai nomi.

Ohne Liebe kann ich nicht
Eingemauert sein in meine Begierde.

Eine Spur zeig uns von Gerechtigkeit.

Dein Gesetz, welches ist's?

Strafe meine armseligen Gefühle,
Befreie mich von der Unruhe.

Ich bin es müde, ohne Stimme zu heulen.

2

Trauriges Fleisch,
Wo einmal die Freude pulste,
Halbgeschlossen die Augen vom müden Erwachen,
Siehst du, zu reife Seele,
Jenen, der ich, zu Erde geworden, sein werde?

Durch die Lebenden führt die Straße der Toten,

Wir sind die Schattenflut,

Sie sind das Korn, das uns im Traum entspringt,

Ihrer ist der Raum, der uns bleibt,

Und ihrer ist der Schatten, der den Namen Gewicht gibt.

La speranza d'un mucchio d'ombra
E null'altro è la nostra sorte?

E tu non saresti che un sogno, Dio?

Almeno un sogno, temerari,
Vogliamo ti somigli.

È parto della demenza piú chiara.

Non trema in nuvole di rami
Come passeri di mattina
Al filo delle palpebre.

In noi sta e langue, piaga misteriosa.

3

La luce che ci punge
È un filo sempre piú sottile.

Piú non abbagli tu, se non uccidi?

Dammi questa gioia suprema.

Die Hoffnung eines Haufens von Schatten
Und nichts andres ist unser Geschick?

Und du wärest nichts als ein Traum, Gott?

Wir Verwegene möchten,
Daß wenigstens ein Traum dir ähnelt.

Er kommt vom lichtesten Wahnsinn her.

Er zittert nicht in Wolkenzweigen
Wie Sperlinge morgens
Am Lidrand.

In uns wohnt und schwärt geheime Qual.

3

Das Licht, das uns kitzelt,
Ist ein immer dünnerer Faden.

Mehr blendest du nicht, es sei denn, daß du tötest?

Mach mir diese höchste Freude.

4

L'uomo, monotono universo,
Crede allargarsi i beni
E dalle sue mani febbrili
Non escono senza fine che limiti.

Attaccato sul vuoto
Al suo filo di ragno,
Non teme e non seduce
Se non il proprio grido.

Ripara il logorio alzando tombe,
E per pensarti, Eterno,
Non ha che le bestemmie.

4

Der Mensch, das eintönige All,
Glaubt, seine Güter zu weiten,
Und von seinen fiebrigen Händen
Kommt ohne Ende nichts als Begrenztes.

In die Leere gehängt,
An seinem Spinnenfaden,
Schreckt ihn nichts, verführt ihn nichts
Als der eigene Schrei.

Er bessert das Lumpige aus, errichtet Gräber,
Und um dich zu denken, Ewiger,
Hat er nichts als Flüche.

Canto beduino

Una donna s'alza e canta
La segue il vento e l'incanta
E sulla terra la stende
E il sogno vero la prende.

Questa terra è nuda
Questa donna è druda
Questo vento è forte
Questo sogno è morte.

1932

Beduinenlied

Eine Frau steht auf und singt
Es folgt ihr, behext sie der Wind
Und auf die Erde streckt sie der Wind
Bis der wahre Traum sie durchdringt.

Diese Erde ist bloß
Diese Frau ist nur Schoß
Dieser Wind ist verroht
Dieser Traum ist Tod.

Senza piú peso

a Ottone Rosai

Per un Iddio che rida come un bimbo,
Tanti gridi di passeri,
Tante danze nei rami,

Un'anima si fa senza piú peso,
I prati hanno una tale tenerezza,
Tale pudore negli occhi rivive,

Le mani come foglie
S'incantano nell'aria . . .

Chi teme piú, chi giudica?

1934

Ohne Gewicht

Für einen Gott, der wie ein Kind lacht,
Soviel Sperlingschreie,
Soviel Tänze in den Zweigen,

Eine Seele wird sich leicht,
Die Wiesen haben eine solche Zärtlichkeit,
Solche Scham wird in den Augen wieder lebendig,

Die Hände wie Blätter
Verzaubern in der Luft ...

Wer fürchtet noch, wer urteilt?

Tutto ho perduto

Tutto ho perduto dell'infanzia
E non potrò mai piú
Smemorarmi in un grido.

L'infanzia ho sotterrato
Nel fondo delle notti
E ora, spada invisibile,
Mi separa da tutto.

Di me rammento che esultavo amandoti,
Ed eccomi perduto
In infinito delle notti.

Disperazione che incessante aumenta
La vita non mi è piú,
Arrestata in fondo alla gola,
Che una roccia di gridi.

Alles habe ich verloren

Alles habe ich verloren von der Kindheit
Und nie mehr werde ich
In einem Schrei mich verlieren.

Die Kindheit habe ich begraben
In der untersten Nacht,
Und jetzt, ein unsichtbares Schwert,
Trennt sie mich von allem.

Ich erinnre mich meiner, wie ich, dich liebend
Jubelte, und da bin ich nun
Verloren ins Unendliche der Nächte.

Verzweiflung, die unaufhörlich steigt
Das Leben ist für mich
Nur mehr ein tief in der Kehle
Gefangener Fels von Schreien.

Se tu mio fratello

Se tu mi rivenissi incontro vivo,
Con la mano tesa,
Ancora potrei,
Di nuovo in uno slancio d'oblio, stringere,
Fratello, una mano.

Ma di te, di te piú non mi circondano
Che sogni, barlumi,
I fuochi senza fuoco del passato.

La memoria non svolge che le immagini
E a me stesso io stesso
Non sono già piú
Che l'annientante nulla del pensiero.

Wenn du mein Bruder

Wenn du mir lebend entgegenkämst,
Mit der ausgestreckten Hand,
Könnte ich noch,
Noch einmal in einem Anfall von Vergessen,
Eine Hand drücken, Bruder.

Aber von dir, von dir umgeben mich nichts
Als Träume, Schimmer,
Die Feuer ohne Feuer der Vergangenheit.

Die Erinnerung entwickelt nichts als die Bilder,
Und ich bin mir selber
Selbst schon nichts mehr
Als das vernichtende Nichts des Gedankens.

Giorno per giorno

1

›Nessuno, mamma, ha mai sofferto tanto . . .‹
E il volto già scomparso
Ma gli occhi ancora vivi
Dal guanciale volgeva alla finestra,
E riempivano passeri la stanza
Verso le briciole dal babbo sparse
Per distrarre il suo bimbo . . .

2

Ora potrò baciare solo in sogno
Le fiduciose mani . . .
E discorro, lavoro,
Sono appena mutato, temo, fumo . . .
Come si può ch'io regga a tanta notte? . . .

3

Mi porteranno gli anni
Chissà quali altri orrori,
Ma ti sentivo accanto,
M'avresti consolato . . .

Tag für Tag

1

›Niemand, Mutter, hat je soviel gelitten ...‹
Und sein Gesicht erlosch,
Aber mit noch lebendigen Augen
Wandte er sich vom Kissen zum Fenster,
Und Sperlinge erfüllten das Zimmer,
Wo der Vater Krumen gestreut hatte,
Um sein Kind zu zerstreuen ...

2

Jetzt werde ich nur im Traum
Die vertrauensvollen Hände küssen können ...
Und ich streite mich herum, arbeite,
Bin kaum verändert, fürchte, rauche ...
Wie ists möglich, daß ich gegen soviel Nacht ankomme? ...

3

Die Jahre werden mir wer weiß
Welch andere Schrecken bringen,
Aber ich fühlte dich zur Seite,
Du hättest mich getröstet ...

4

Mai, non saprete mai come m'illumina
L'ombra che mi si pone a lato, timida,
Quando non spero piú . . .

5

Ogni altra voce è un'eco che si spegne
Ora che una mi chiama
Dalle vette immortali . . .

6

In cielo cerco il tuo felice volto,
Ed i miei occhi in me null'altro vedano
Quando anch'essi vorrà chiudere Iddio . . .

7

E t'amo, t'amo, ed è continuo schianto! . . .

4

Nie, ihr werdet's nie wissen,
Wie mich der Schatten erleuchtet,
Der sich mir schüchtern zur Seite legt,
Wenn ich nicht mehr hoffe . . .

5

Jede andere Stimme ist ein Echo, das verlischt,
Nun da eine mich ruft
Von den unsterblichen Gipfeln . . .

6

Im Himmel suche ich dein glückliches Gesicht,
Und meine Augen werden inwendig nichts anderes sehen,
Wenn Gott sie wird schließen wollen . . .

7

Und ich liebe dich, liebe dich, und es ist
immerwährende Qual! . . .

8

Inferocita terra, immane mare
Mi separa dal luogo della tomba
Dove ora si disperde
Il martoriato corpo . . .
Non conta . . . Ascolto sempre piú distinta
Quella voce d'anima
Che non seppi difendere quaggiú . . .
M'isola, sempre piú festosa e amica
Di minuto in minuto,
Nel suo segreto semplice . . .

9

Sono tornato ai colli, ai pini amati
E del ritmo dell'aria il patrio accento
Che non riudrò con te,
Mi spezza ad ogni soffio . . .

10

Sotto la scure il disilluso ramo
Cadendo si lamenta appena, meno
Che non la foglia al tocco della brezza . . .
Ma fu la furia che abbatté la tenera

8

Wild gewordene Erde, ungeheures Meer
Trennt mich vom Ort des Grabes,
Wo jetzt der gefolterte Körper
Sich auflöst ...
Es zählt nicht ... Ich höre immer genauer
Diese Seelenstimme,
Die ich hier nicht zu verteidigen wußte ...
Sie sondert mich ab, wird immer festlicher, wird
meine Freundin
Von Augenblick zu Augenblick
In ihrem einfachen Geheimnis ...

9

Auf die Hügel bin ich wieder gegangen, zu den
geliebten Pinien,
Und der heimatliche Tonfall im Wohlklang der Luft,
Den ich mit dir nie wieder hören werde,
Zerreißt mich bei jedem Atemzug ...

10

Unter dem Beil der enttäuschte Zweig,
Wenn er fällt, er beklagt sich kaum, so wenig
Wie das Blatt bei der Berührung der Brise ...
Aber es war die Furie, die die zarte Gestalt

Forma e la premurosa
Carità d'una voce mi consuma . . .

II

Non piú furori reca a me l'estate,
Né primavera i suoi presentimenti;
Puoi declinare, autunno,
Con le tue stolte glorie:
Per uno spoglio desiderio, inverno
Distende la stagione piú clemente! . . .

Niederschlug, und die nachdrückliche
Barmherzigkeit einer Stimme verzehrt mich ...

II

Keine Begeisterung kostet der Sommer mich mehr,
Noch der Frühling Ahnungen;
Du kannst dich neigen, Herbst,
Mit deinen törichten Glorien:
Für einen ausgeraubten Wunsch breitet der Winter
Die gnädigste Jahreszeit aus! ...

Mio fiume anche tu

I

Mio fiume anche tu, Tevere fatale,
Ora che notte già turbata scorre;
Ora che persistente
E come a stento erotto dalla pietra
Un gemito d'agnelli si propaga
Smarrito per le strade esterrefatte;
Che di male l'attesa senza requie,
Il peggiore dei mali,
Che l'attesa di male imprevedibile
Intralcia animo e passi;
Che singhiozzi infiniti, a lungo rantoli
Agghiacciano le case tane incerte;
Ora che scorre notte già straziata,
Che ogni attimo spariscono di schianto
O temono l'offesa tanti segni
Giunti, quasi divine forme, a splendere
Per ascènsione di millenni umani;
Ora che già sconvolta scorre notte,
E quanto un uomo può patire imparo;
Ora ora, mentre schiavo
Il mondo d'abissale pena soffoca;
Ora che insopportabile il tormento
Si sfrena tra i fratelli in ira a morte;

Mein Fluß auch du

I

Mein Fluß, auch du, verhängnisvoller Tiber,
Jetzt da die Nacht verstört läuft;
Jetzt da, andauernd
Und wie mühsam aus dem Steine gebrochen,
Ein Lämmerlaut sich kundtut,
Der sich verirrt in den bestürzten Straßen;
Da vom Bösen die ruhlose Erwartung,
Ja des Schlimmsten vom Bösen,
Da die Erwartung des unvoraussehbaren Bösen
Seele und Schritt verwirrt;
Da unendliche Seufzer, lang langes Röcheln
Häuser, die unsichern Höhlen, gefrieren macht;
Jetzt da die schon zerborstne Nacht läuft,
Da jeden Augenblick im Nu die Zeichen gehn
Oder, Beleid'gung fürchtend, soviel Zeichen schwinden,
Die kamen, göttliche Zeichen fast, zu leuchten
Fürs Auferstehen menschlicher Jahrtausende.
Jetzt da schon verzerrt die Nacht läuft,
Und was ein Mensch erleiden kann, ich lern's,
Jetzt, jetzt während die Welt, versklavt,
An abgründger Pein erstickt;
Jetzt da unerträglich die Marterung
Zwischen den Brüdern geworden ist,
Die in den Tod sich hassen;

Ora che osano dire
Le mie blasfeme labbra:
›Cristo, pensoso palpito,
Perché la Tua bontà
S'è tanto allontanata?‹

2

Ora che pecorelle cogli agnelli
Si sbandano stupite e, per le strade
Che già furono urbane, si desolano;
Ora che prova un popolo
Dopo gli strappi dell'emigrazione,
La stolta iniquità
Delle deportazioni;
Ora che nelle fosse
Con fantasia ritorta
E mani spudorate
Dalle fattezze umane l'uomo lacera
L'immagine divina
E pietà in grido si contrae di pietra;
Ora che l'innocenza
Reclama almeno un'eco,
E geme anche nel cuore piú indurito;
Ora che sono vani gli altri gridi;
Vedo ora chiaro nella notte triste.

Jetzt da meine lästerlichen Lippen
Zu sagen wagen:
›Christus, denkender Herzschlag,
Warum ist Deine Güte
So weit von uns gegangen?‹

2

Jetzt da Schafe mit Lämmern
Sich erstaunt zerstreuen und in den Straßen,
Die einst städtisch waren, sich betrüben;
Jetzt da ein Volk
Nach dem Riß der Emigration
Die blöde Schändlichkeit
Der Deportationen erfährt;
Jetzt da in den Leichengruben
Mit erdrückter Einbildung
Und schamlosen Händen
Der Mensch das göttliche Bild
Von den menschlichen Zügen herabreißt
Und Barmherzigkeit schreiend in den Stein fährt;
Jetzt da die Unschuld
Auch im verhärtetsten Herzen keimt
Und mindest einen Widerhall fordert;
Jetzt da alle anderen Schreie vergeblich sind;
Ich sehe jetzt klar in der traurigen Nacht.

Vedo ora nella notte triste, imparo,
So che l'inferno s'apre sulla terra
Su misura di quanto
L'uomo si sottrae, folle,
Alla purezza della Tua passione.

3

Fa piaga nel Tuo cuore
La somma del dolore
Che va spargendo sulla terra l'uomo;
Il Tuo cuore è la sede appassionata
Dell'amore non vano.
Cristo, pensoso palpito,
Astro incarnato nell'umane tenebre,
Fratello che t'immoli
Perennemente per riedificare
Umanamente l'uomo,
Santo, Santo che soffri,
Maestro e fratello e Dio che ci sai deboli,
Santo, Santo che soffri
Per liberare dalla morte i morti
E sorreggere noi infelici vivi,
D'un pianto solo mio non piango piú,
Ecco, Ti chiamo, Santo,
Santo, Santo che soffri.

Ich sehe jetzt in der traurigen Nacht, ich lerne,
Ich weiß, daß die Hölle sich auf die Erde öffnet
Je mehr der Mensch, wahnsinnig, sich
Der Reinheit Deiner Passion entzieht.

3

Peinigt nicht
Die Summe des Schmerzes Dein Herz,
Die der Mensch auf der Erde ausschüttet;
Dein Herz ist der leidenschaftliche Ort
Der nicht vergeblichen Liebe.
Christus, denkender Herzschlag,
Fleischgewordnes Gestirn in der menschlichen
Finsternis,
Bruder, der Du Dich opferst
Immerzu, um menschlich
Den Menschen wieder zu gründen,
Heilig, Heilig, der Du leidest,
Meister und Bruder und Gott, der Du uns schwach weißt,
Heilig, Heilig, der Du leidest,
Um die Toten vom Tod zu befreien
Und uns Unglückliche zu stützen,
Ein Weinen, das nur meines ist, wein ich nicht mehr,
Ja, ich rufe Dich, Heilig,
Heilig, Heilig, der Du leidest.

L'angelo del povero

Ora che invade le oscurate menti
Piú aspra pietà del sangue e della terra,
Ora che ci misura ad ogni palpito
Il silenzio di tante ingiuste morti,

Ora si svegli l'angelo del povero,
Gentilezza superstite dell'anima . . .

Col gesto inestinguibile dei secoli
Discenda a capo del suo vecchio popolo,
In mezzo alle ombre . . .

Der Engel des Armen

Jetzt wo die verdunkelten Geister
Rauheres Mitleid heimsucht mit dem Blut und der Erde,
Jetzt wo uns bei jedem Herzschlag
Das Schweigen von soviel ungerechten Toten wägt,

Jetzt erwache der Engel des Armen,
Die überlebende Freundlichkeit der Seele ...

Mit jener Gebärde, untilgbar durch alle Zeiten,
Steige er doch herab, an die Spitze seines alten Volks,
Inmitten der Schatten ...

Non gridate piú

Cessate d'uccidere i morti,
Non gridate piú, non gridate
Se li volete ancora udire,
Se sperate di non perire.

Hanno l'impercettibile sussurro,
Non fanno piú rumore
Del crescere dell'erba,
Lieta dove non passa l'uomo.

Schreit nicht mehr

Hört auf, die Toten zu töten,
Schreit nicht mehr, schreit nicht,
Wenn ihr sie noch hören wollt,
Wenn ihr hofft, nicht zu verderben.

Sie haben das unmerkbare Flüstern,
Sie machen nicht mehr Lärm
Als das Wachsen des Grases,
Froh, wo kein Mensch geht.

Cantetto senza parole

I

A colomba il sole
Cedette la luce . . .

Tubando verrà
Se dormi, nel sogno . . .

La luce verrà
In segreto vivrà . . .

Si saprà signora
D'un grande mare
Al primo tuo sospiro . . .

Già va rilucendo
Mosso, quel mare,
Aperto per chi sogna . . .

Kleines Lied ohne Worte

I

Die Sonne überließ
Einer Taube das Licht . . .

Girrend wird sie kommen,
Wenn du schläfst, im Traum . . .

Das Licht wird kommen,
Im Geheimnis wirds leben . . .

Herrin wird es sich wissen
Eines großen Meeres
Bei deinem ersten Atemzug . . .

Schon geht wieder leuchtend
Bewegt dieses Meer,
Das offensteht dem der träumt . . .

2

Non ha solo incanti
La luce che carceri . . .

Ti parve domestica,
Ad altro mirava . . .

Dismisura súbito,
Volle quel mare abisso . . .

Titubasti, il volo
In te smarrí,
Per eco si cercò . . .

L'ira in quel chiamare
Ti sciupa l'anima,
La luce torna al giorno . . .

Roma, Ottobre 1957

2

Das Licht, das du einkerkerst,
Hat nicht lauter Zauber . . .

Zahm erschien es dir zwar,
Doch andres hat es beschienen . . .

Ungemeßnes sogleich
Forderte dieses abgründige Meer . . .

Du zögertest, der Flug
verlor sich in dir,
Das Echo ging auf die Suche . . .

Der Zorn in diesem Rufen
Richtet deine Seele zugrund,
Das Licht scheint wieder am Tag . . .

Per sempre

Senza niuna impazienza sognerò
Mi piegherò al lavoro
Che non può mai finire,
E a poco a poco in cima
Alle braccia rinate
Si riapriranno mani soccorrevoli
Nelle cavità loro
Riapparsi gli occhi, ridaranno luce,
E, d'improvviso intatta
Sarai risorta, mi farà da guida
Di nuovo la tua voce,
Per sempre ti rivedo.

Roma, il 24 maggio 1959

Für immer

Ganz ohne Ungeduld werde ich träumen,
Ich werde mich an die Arbeit machen,
Die nie enden kann,
Und nach und nach, gegen Ende,
Kommen Arme den Armen entgegen,
Öffnen sich wieder hilfreiche Hände,
Licht geben die wiederauflebenden Augen
In ihren Höhlen,
Und du, plötzlich unversehrt,
Wirst auferstehen, nochmals
Wird deine Stimme mir Lenkerin sein,
Für immer seh ich dich wieder.

Finale

Piú non muggisce, non sussurra il mare,
Il mare.

Senza i sogni, incolore campo è il mare,
Il mare.

Fa pietà anche il mare,
Il mare.

Muovono nuvole irriflesse il mare,
Il mare.

A fumi tristi cedé il letto il mare,
Il mare.

Morto è anche, vedi, il mare,
Il mare.

Finale

Nicht mehr brüllt, nicht mehr flüstert das Meer,
Das Meer.

Ohne die Träume, ein unfarben Feld ist das Meer,
Das Meer.

Es macht Erbarmen auch das Meer,
Das Meer.

Es bewegen achtlose Wolken das Meer,
Das Meer.

Traurigem Rauch überläßt sein Bett jetzt das Meer,
Das Meer.

Gestorben ist auch, sieh nur, das Meer,
Das Meer.

Nachwort

Giuseppe Ungaretti wurde am 10. Februar 1888 in Alexandrien, Ägypten, als Sohn von Emigranten aus Lucca, geboren. In dieser orientalischen Stadt, im Norden Afrikas, die ihm zum »üblichen Traum« wurde, hat er seine Kindheit und Jugend verbracht. Erst um zu studieren, kam er nach Italien, ging später nach Paris, hörte Vorlesungen an der Sorbonne und entdeckte vor allem, was in der französischen Literatur und Malerei an Neuem geschah. Er lernte Apollinaire und Max Jacob, Derain und Picasso und Braque, Peguy und Bergson kennen und nahm teil an den erregenden Auseinandersetzungen über eine neue Kunst. Der erste Weltkrieg setzte den Lehrjahren ein Ende. Ungaretti kam als Soldat zum 19. italienischen Infanterieregiment und war zumeist an der österreichischen Front. Mitten im Krieg, in Udine, 1916, erschienen seine ersten Gedichte; es waren keine Kriegsgedichte, sondern die Gedichte eines Menschen, der sich plötzlich auf der »unvorhergesehenen Straße des Krieges« fand und »Warum?« fragte, sein »Warum?« für alle wiederholte, die gleich ihm, wie im Herbst auf den Bäumen die Blätter, zu fallen bestimmt waren. »Soldati« heißt ein Gedicht. Vier Zeilen, neun Worte. Das Wenigste wollte gesagt sein, weil wenig zu sagen blieb.

Nach dem Krieg ließ Ungaretti sich in Rom nieder und fand eine Beschäftigung im Außenministerium, wo er die französische Redaktion eines Bulletins übernahm. »Il porto sepolto« (»Der begrabene Hafen«), »Allegria di naufragi« (»Freude der Schiffbrüche«) und »Sentimento del tempo« (»Gefühl der Zeit«) waren mittlerweile erschienen und hatten ihn berühmt gemacht. Seine Dichtung erschien neu und einzigartig; sie wurde gefeiert und bekämpft auf eine nicht mehr vorstellbare Weise. Eigene Zeitschriften wurden gegründet in diesen Jahren, damit man Ungarettis Gedichte besser angreifen und besser verteidigen konnte. Er selber verdiente nicht genug, um seine Familie erhalten zu können. Ohne die Arbeit an seinen Gedichten zu unterbrechen, begann er darum für die »Gazzetta del popolo« in Turin als Korrespondent zu reisen. Er schrieb Artikel aus dem italienischen Süden und den meisten europäischen Ländern und erlangte auch damit Ansehen.
1936 ging Ungaretti nach Brasilien und übernahm an der Universität Sao Paolo den Lehrstuhl für italienische Literatur. Die Wirkung seiner Lehrtätigkeit war nachhaltig; die dort geschlossenen Freundschaften dauerten. Nach dem Tod seines neunjährigen Sohnes Antonio kehrte er nach Italien zurück und schrieb die Kindertotenlieder »Giorno per giorno« (»Tag für Tag«), die, zu einem Teil, in die deutsche Auswahl aufgenommen wurden. Italien ging in seine finsterste Zeit. Rom wurde von den Deutschen besetzt und erlebte eine Schreckensherrschaft. Die Leiden um sein Land, die Verluste von geliebten Menschen haben die Dichtung

Ungarettis jener Jahre verändert. Die allegria ist dem Schmerz gewichen – »Il dolore« ergab einen Band, in dem alle Unglücke im Leben eines Mannes verzeichnet sind.
Die römische Universität berief Ungaretti und schuf einen Lehrstuhl für ihn. Bis in sein siebzigstes Jahr hielt er seine Vorlesungen über Literatur. Aus der Ungaretti-Schule am »glorreichen Athenäum von Rom« sind einige der jüngeren Schriftsteller und Dozenten hervorgegangen.
Mit »Il taccuino del vecchio« (Das Notizbuch des Alten«) enden vorläufig die Kundgebungen einer Stimme, ohne die die neuere italienische Literatur – und nicht nur die italienische – nicht zu denken sein wird.

»Leben eines Mannes« steht über alle Gedichtbände Ungarettis geschrieben. Die Erklärung dafür gibt er selber im Vorwort zu »L'Allegria«: »Dieses Buch ist ein Tagebuch. Der Autor hat keinen anderen Ehrgeiz, und glaubt auch, daß die großen Dichter keinen anderen hatten, als eine eigene schöne Biographie zu hinterlassen. Die Gedichte sind daher seine formalen Qualen, aber er wünscht ein für allemal begreiflich zu machen, daß die Form ihn bloß quält, weil er von ihr fordert, daß sie den Veränderungen seines Sinns, seines Gemüts entspreche, und wenn er irgendeinen Fortschritt als Künstler gemacht hat, so möchte er, daß dies nichts anderes bedeute, als daß er auch einige Vollkommenheit als Mensch erreicht hat. Er ist zum Mann gereift inmitten von außerordentlichen Ereignissen, denen er nie fern gestanden ist. Ohne je zu leugnen, daß die Dichtung auf Allgemeines sich richte, hat er immer gedacht, daß, wo etwas entstehen soll, das Allgemeine, durch ein aktives geschichtliches Gefühl hindurch, mit der einzelnen Stimme des Dichters übereinstimmen müsse.«

Aus dem ersten Band »L'Allegria« wurden für diese Auswahl an die 40 Gedichte übersetzt, also mehr als aus den späteren Büchern. Denn in den frühen Gedichten sind alle die neuen Töne und Gesten da, die wir zuerst kennenlernen sollten, alle die neuen Möglichkeiten, die Ungaretti in seiner Sprache entdeckte. »Allegria« ist ein Wort, das man uns allerdings kaum zu erklären vermag. Hätten wir auch ein entsprechendes Wort, so fehlte uns doch – allegria. Das ist: Heiterkeit, Munterkeit, Freude ... Eine Tempobezeichnung steckt auch darin; an das allegro in der Musik dürfen wir denken. Allegria gibt es bei Mozart, überhaupt manchmal in unserer Musik, aber sonst wohl kaum, weder in den Menschen, noch unter Menschen. Es ist ein Fremdwort für uns und wird nie für eine Wirklichkeit stehen. Bei Ungaretti ist das Wort in seiner ganzen lichten Bedeutungsfülle eingesetzt. Darum wurde es mit dem für uns erfüllteren Wort »Freude« übersetzt. Freude, mit einem hellen Ton gedacht, Freude, die man in die Luft werfen kann und die einen gehen macht, leben macht – ein Geschenk von niemand.
Aber allegria ist nur eines der vielen Worte, die sich nicht übersetzen lassen wollen, die schwerer zu transportieren sind als der empfindlichste Wein.

Ungaretti schreibt über sich selbst: da der Wolf wohl das Fell verliert, aber nicht das Laster, habe er für jede neue Ausgabe, für jeden neuen Abdruck beinah, seine Gedichte verbessert. Von den meisten Gedichten gibt es daher mehrere Versionen. Sie weichen zwar kaum voneinander ab, zeigen aber die fortgesetzte Suche nach einem störungsfreien Hervortreten des Wesentlichen an einem Gedicht, nach Klangbefriedigung, nach dem genauesten, natürlichsten Ausdruck. Im Deutschen können diese Veränderungen nicht gezeigt werden, weil sie nur zu Veränderungen innerhalb der Übersetzung führen würden, die, begreiflicherweise, dann nicht den Verbesserungen am Original entsprechen müssen. Die Übersetzung folgt der letzten Ausgabe.
Viele der Gedichte sind datiert. Sie stehen darum, und weil Ungaretti auf der Chronologie – seiner Chronologie – besteht, in der Reihenfolge des Entstehens, von zwei Ausnahmen abgesehen: dem ersten und dem letzten Gedicht, da auch eine Auswahl leidlich einen Anfang und ein Ende setzen will. Nur eine Gesamtausgabe könnte zeigen, welchen Stellenwert auch diese und alle andren nicht berücksichtigten Gedichte haben.

Schwer zu erklären ist, wie Ungaretti innerhalb der italienischen Literatur steht und bewertet wird, denn die Kritik eines Landes hat mit sovielen Erscheinungen zu tun und den Bedingungen dieser Erscheinungen, daß die Sprache, die sie führt, um zu unterscheiden und zu werten, in einem anderen Land oft nicht mehr verstanden wird. Wir lernen nur einzelne große Dichter

anderer Länder kennen, seltener Strömungen, Gruppen, und nehmen sie darum unbefragter hin oder messen großzügiger oder messen mit unseren Maßen, die im Herkunftsland wieder Befremden erregen können.
In Italien gilt Ungaretti den meisten als der größte Lyriker nach D'Annunzio, allen jedoch als derjenige, der mit der abgemühten, überladenen und dekorativen Sprache im italienischen Gedicht gebrochen hat. Man sprach von einer »wiedereroberten lyrischen Primitivität«, von der Frische, der Unmittelbarkeit, der Grazie, der Begnadung Ungarettis. Neuerdings heißt es hingegen, er sei ein hermetischer Dichter – aber wer seine Gedichte liest, wird das kaum verstehen. Als seine Ahnen werden Petrarca und Leopardi genannt. Das mag sonderbar erscheinen, denn für einen Dichter dieser letzten europäischen Moderne würde man bei uns die Ahnen wohl nicht so weit in der Vergangenheit suchen.
Petrarca, Leopardi . . . Doch beide haben ja, wie unser Dichter meint, ihre eigne schöne Biographie geschrieben. Sie haben das Leben eines Mannes gelebt zu anderer Zeit und waren, wie der Nachfahr, in der Konfession in ihrem Element. Sie haben das erste Erzittern über all das, was sie erfuhren und was ihnen widerfuhr, in die italienische Sprache gebracht. »Ed io pur vivo!« heißt es bei Petrarca. Das war ein erster Schmerz, ein erstes Ausbrechen, erstes Aussprechen. Solche »erste« Regungen finden wir auch bei Ungaretti. »Sono una creatura . . .«, »E t'amo, t'amo . . .« Ein Wort ist darum auf ihn geprägt worden: Voce vivente. Lebendige Stimme.

Mit dieser lebendigen Stimme beginnt er, meist in normaler Lage, zu sprechen. »Bei uns zuhaus, in Ägypten . . .« Oder: »Von welchem Regiment seid ihr, Brüder? . . .« Und doch finden wir uns unvermittelt in einer viel höheren Lage oder in einem Drama – wie in dem Gedicht »Brüder« – ohne daß wir angeben könnten, wie wir hineingeraten sind.

Ingeborg Bachmann

Inhalt

Aus »L'Allegria«

Aus »L'Allegria«

Die Gedichte sind den folgenden Bänden entnommen: »L'Allegria« (1942), »Sentimento del Tempo« (1943), »Il Dolore« (1947), »La Terra Promessa« (1950) und »Il Taccuino del Vecchio« (1960), sämtlich bei Arnoldo Mondadori in Mailand erschienen.

Bibliothek Suhrkamp

Verzeichnis der letzten Nummern

1115 Guillaume Apollinaire, Die sitzende Frau
1116 Paul Nizon, Canto
1117 Guido Morselli, Dissipatio humani generis
1119 Juan Carlos Onetti, Der Tod und das Mädchen
1120 Thomas Bernhard, Alte Meister
1121 Willem Elsschot, Villa des Roses
1122 Juan Goytisolo, Landschaften nach der Schlacht
1123 Sascha Sokolow, Die Schule der Dummen
1124 Bohumil Hrabal, Leben ohne Smoking
1125 Peter Bichsel, Eigentlich möchte Frau Blum den Milchmann kennenlernen
1127 Adolf Muschg, Noch ein Wunsch
1128 Forugh Farrochsad, Jene Tage
1129 Julio Cortázar, Unzeiten
1130 Gesualdo Bufalino, Die Lügen der Nacht
1131 Richard Ellmann, Vier Dubliner – Wilde, Yeats, Joyce und Beckett
1132 Gerard Reve, Der vierte Mann
1133 Mercè Rodoreda, Auf der Plaça del Diamant
1134 Francis Ponge, Die Seife
1135 Hans-Georg Gadamer, Über die Verborgenheit der Gesundheit
1136 Wolfgang Hildesheimer, Mozart
1138 Max Frisch, Stich-Worte
1139 Bohumil Hrabal, Ich habe den englischen König bedient
1141 Cees Nooteboom, Die folgende Geschichte
1142 Hermann Hesse, Musik
1143 Paul Celan, Lichtzwang
1144 Isabel Allende, Geschenk für eine Braut
1145 Thomas Bernhard, Frost
1146 Katherine Mansfield, Glück
1147 Giorgos Seferis, Sechs Nächte auf der Akropolis
1148 Gershom Scholem, Alchemie und Kabbala
1149 Max Dauthendey, Die acht Gesichter am Biwasee
1150 Julio Cortázar, Alle lieben Glenda
1151 Isaak Babel, Die Reiterarmee
1152 Hermann Broch, Barbara
1154 Juan Benet, Der Turmbau zu Babel
1155 Bertolt Brecht, Die Dreigroschenoper
1156 Józef Wittlin, Mein Lemberg
1157 Bohumil Hrabal, Reise nach Sondervorschrift
1158 Tankred Dorst, Fernando Krapp hat mir diesen Brief geschrieben
1159 Mori Ōgai, Die Tänzerin
1160 Hans Jonas, Gedanken über Gott
1161 Bertolt Brecht, Gedichte über die Liebe
1162 Clarice Lispector, Aqua viva
1163 Samuel Beckett, Der Ausgestoßene
1164 Friederike Mayröcker, Das Licht in der Landschaft

1165 Yasunari Kawabata, Die schlafenden Schönen
1166 Marcel Proust, Tage des Lesens
1167 Peter Weiss, Die Verfolgung und Ermordung Jean Paul Marats
1168 Alberto Savinio, Kindheit des Nivasio Dolcemare
1169 Alain Robbe-Grillet, Die blaue Villa in Hongkong
1170 Dolf Sternberger, ›Ich wünschte ein Bürger zu sein‹
1171 Herman Bang, Die vier Teufel
1172 Paul Valéry, Windstriche
1173 Peter Handke, Die Stunde da wir nichts voneinander wußten
1174 Emmanuel Bove, Die Falle
1175 Juan Carlos Onetti, Abschiede
1176 Elisabeth Langgässer, Das Labyrinth
1177 E. M. Cioran, Syllogismen der Bitterkeit
1178 Kenzaburō Ōe, Der Fang
1179 Peter Bichsel, Zur Stadt Paris
1180 Zbigniew Herbert, Der Tulpen bitterer Duft
1181 Martin Walser, Ohne einander
1182 Jean Paulhan, Der beflissene Soldat
1183 Rudyard Kipling, Die beste Geschichte der Welt
1184 Elizabeth von Arnim, Der Garten der Kindheit
1185 Marcel Proust, Eine Liebe Swanns
1186 Friedrich Cramer, Gratwanderungen
1187 Juan Goytisolo, Rückforderung des Conde don Julián
1188 Adolfo Bioy Casares, Abenteuer eines Fotografen
1189 Cees Nooteboom, Der Buddha hinter dem Bretterzaun
1190 Gesualdo Bufalino, Mit blinden Argusaugen
1191 Paul Valéry, Monsieur Teste
1192 Harry Mulisch, Das steinerne Brautbett
1193 John Cage, Silence
1194 Antonia S. Byatt, Zucker
1197 Claude Lévi-Strauss, Mythos und Bedeutung
1198 Tschingis Aitmatow, Der weiße Dampfer
1199 Gertrud Kolmar, Susanna
1200 Octavio Paz, Die doppelte Flamme, Liebe und Erotik
1201 E. M. Cioran, Gedankendämmerung
1202 Gesualdo Bufalino, Klare Verhältnisse
1203 Friedrich Dürrenmatt, Die Ehe des Herrn Mississippi
1204 Alexej Remisow, Die Geräusche der Stadt
1205 Ambrose Bierce, Mein Lieblingsmord
1206 Amos Oz, Herr Levi
1208 Wolfgang Koeppen, Ich bin gern in Venedig warum
1209 Hugo Claus, Jakobs Verlangen
1210 Abraham Sutzkever, Grünes Aquarium/Griner Akwarium
1211 Samuel Beckett, Das letzte Band/Krapp's Last Tape/La dernière bande
1213 Louis Aragon, Der Pariser Bauer
1214 Michel Foucault, Die Hoffräulein
1215 Gertrude Stein, Zarte Knöpfe/Tender Buttons
1216 Hans Mayer, Reden über Deutschland
1217 Alvaro Cunqueiro, Die Chroniken des Kantors
1218 Inger Christensen, Das gemalte Zimmer

1219 Peter Weiss, Das Gespräch der drei Gehenden
1220 Rudyard Kipling, Das neue Dschungelbuch
1221 Sylvia Plath, Die Glasglocke
1222 Martin Walser, Selbstbewußtsein und Ironie
1223 Cees Nooteboom, Das Gesicht des Auges/Het gezicht van het oog
1224 Samuel Beckett, Endspiel/Fin de partie/Endgame
1225 Bernard Shaw, Die wundersame Rache
1226 Else Lasker-Schüler, Der Prinz von Theben
1227 Cesare Pavese, Die einsamen Frauen
1228 Zbigniew Herbert, Stilleben mit Kandare
1229 Marie Luise Kaschnitz, Das Haus der Kindheit
1230 Peter Handke, Phantasien der Wiederholung
1231 John Updike, Der weite Weg zu zweit
1232 Georges Simenon, Der Mörder
1233 Jürgen Habermas, Vom sinnlichen Eindruck zum symbolischen Ausdruck
1234 Clarice Lispector, Wo warst du in der Nacht
1235 Joseph Conrad, Falk
1236 Stefan Andres, Wir sind Utopia
1237 Virginia Woolf, Die Wellen
1238 Cesare Pavese, Der schöne Sommer
1239 Franz Kafka, Betrachtung
1240 Lawrence Durrell, Das Lächeln des Tao
1241 Bohumil Hrabal, Ein Heft ungeteilter Aufmerksamkeit
1242 Erhart Kästner, Die Lerchenschule
1243 Eduardo Mendoza, Das Jahr der Sintflut
1244 Karl Kraus, Die Sprache
1245 Annette Kolb, Daphne Herbst
1246 Giuseppe Tomasi di Lampedusa, Die Sirene
1247 Marieluise Fleißer, Die List
1248 Sadeq Hedayat, Die blinde Eule
1249 Olof Lagercrantz, Marcel Proust oder Vom Glück des Lesens
1250 Paul Celan, Schneepart
1251 György Dalos, Die Beschneidung
1252 René Depestre, Hadriana in all meinen Träumen
1253 Jurek Becker, Bronsteins Kinder
1254 Ryūnosuke Akutagawa, Das Leben eines Narren
1255 Cesare Pavese, Der Teufel auf den Hügeln
1256 Hans Magnus Enzensberger, Kiosk
1257 Paul Bowles, Zu fern der Heimat
1258 Adolfo Bioy Casares, Ein schwankender Champion
1259 Anna Maria Jokl, Essenzen
1261 Giuseppe Ungaretti, Das verheißene Land/La terra promessa
1262 Juan Carlos Onetti, Magda
1263 Hans Blumenberg, Schiffbruch mit Zuschauer
1264 Hermann Lenz, Die Augen eines Dieners
1265 Hans Erich Nossack, Um es kurz zu machen
1266 Joseph Brodsky, Haltestelle in der Wüste
1267 Mário de Sá-Carneiro, Lúcios Bekenntnis
1268 Gerhard Meier, Land der Winde
1269 Gershom Scholem, Judaica 6

1270 Rafael Alberti, Der verlorene Hain
1271 Bertolt Brecht, Furcht und Elend des III. Reiches
1272 Thomas Wolfe, Der verlorene Knabe
1273 E. M. Cioran, Leidenschaftlicher Leitfaden
1274 Bertolt Brecht, Flüchtlingsgespräche
1275 Else Lasker-Schüler, In Theben geboren
1276 Samuel Joseph Agnon, Buch der Taten
1277 Volker Braun, Die unvollendete Geschichte und ihr Ende
1278 Jan Jacob Slauerhoff, Christus in Guadalajara
1279 Yasushi Inoue, Shirobamba
1280 Gertrud von le Fort, Das fremde Kind
1281 György Konrád, Heimkehr
1282 Peter Bichsel, Der Busant
1284 Carlos Fuentes, Der alte Gringo
1285 Peter Rühmkorf, Lethe mit Schuß
1286 Cees Nooteboom, Der Ritter ist gestorben
1287 Christopher Isherwood, Praterveilchen
1288 Ernst Weiß, Jarmila
1289 Vladimir Nabokov, Pnin
1290 Wenedikt Jerofejew, Die Reise nach Petuschki
1291 Rainer Maria Rilke, Mitten im Lesen schreib ich Dir
1292 Robert Graves, Der Schrei
1293 S.J. Agnon, Liebe und Trennung
1294 Louis Begley, Lügen in Zeiten des Krieges
1295 Inger Christensen, Das Schmetterlingstal
1296 Rosario Castellanos, Die Tugend der Frauen von Comitán
1297 Marcel Proust, Freuden und Tage
1298 Weniamin Kawerin, Vor dem Spiegel
1299 Juan Carlos Onetti, Wenn es nicht mehr wichtig ist
1300 Peter Handke, Drei Versuche
1301 Hans Henny Jahnn, 13 nicht geheure Geschichten
1302 Claude Simon, Die Akazie
1303 Hans Blumenberg, Begriffe in Geschichten
1304 Friederike Mayröcker, Benachbarte Metalle
1305 S.Yishar, Ein arabisches Dorf
1306 Paul Valéry, Leonardo da Vinci
1307 Ernst Weiß, Der Augenzeuge
1308 Octavio Paz, Im Lichte Indiens
1309 Gertrud Kolmar, Welten
1310 Alberto Savinio, Tragödie der Kindheit
1311 Zbigniew Herbert, Opfer der Könige
1312 Edoardo Sanguineti, Capriccio italiano
1314 Augusto Roa Bastos, Die Nacht des Admirals
1315 Frank Wedekind, Lulu - Die Büchse der Pandora
1316 Jorge Ibargüengoitia, Abendstunden in der Provinz
1317 Marina Zwetajewa, Ein Abend nicht von dieser Welt
1318 Hans Henny Jahnn, Die Nacht aus Blei
1319 Julio Cortázar, Andrés Favas Tagebuch
1320 Thomas Bernhard, Das Kalkwerk
1325 Sigrid Undset, Das glückliche Alter

Bibliothek Suhrkamp

Alphabetisches Verzeichnis